ゆめのうしろ

レビー小体型認知症の患者

fujiki akiko
藤木明子

編集工房ノア

カバー装画　岡　芙三子

ゆめのうしろ——レビー小体型認知症の患者

〈藍子さん、長い長い御無沙汰でした。お許し下さい。年賀状や短信を頂く度に申し訳ないと思いつつ、焦る気持ちの底に澱を沈めるようにして、蹌踉《そうろう》と日を過ごしていたのです。

かいつまんで申しますと、一昨年の二月、ある日の夕方、隣の町から我が家へ帰る途上の出来事でした。突然、思いがけない景色が眼前に現れて私を驚かせました。

全く何の前触れもなく、運転している車のフロントガラスがサアーと曇ってきて、視界が一挙に塞がってしまったのです。

えっ？　何？　どうしたの、これは霧？　それとも急激な目の故障？　とあわただしく思案しながら、ともかくも徐行して、左手にある病院の駐車場へ入りました。その場限りの無我夢中といおうか、初めての病院でしたが折りよく眼科の医師がまだ勤務中だったので、そこで診断を受けることになりました。

それ以後、医師や看護師の勧めで白内障の手術を受けたり、緑内障の治療を始めたりで、ついに、病院通いが生活の一部になってしまいました。

白内障の手術は成功したはずなのに、いつもどんよりと視界が濁っていて、物がはっきりと見えないという困った状態がいつまでも続きます。それだけではありません。

今日こそは書かなければ、と机の前に坐っても、誤字・脱字のはげしさ、見事なほど思い出せない文字や言葉、葉書一枚満足に書けない状況は、情けないというより口惜しいですね。

視界が微細に揺れるその度に、目まいや頭痛が始まります。これはちょっとただごとではない、あるいは、という疑念が湧いてきました。まさかと思いながらも、もしや、あのおそろしい病気の前兆ではないか、という想像が脳の中をかけめぐります。何かが音立てて滑り落ちるような感覚に捕えられたりするのです。

私はとうとう精神科の医者を頼りました。

老年の症状と言えるかも知れないが…と、言いつつ医者は私に「レビー小体型認知症」という病名を与えました。

「認知症」という病名に反発しながらも一方では、難問が解けたような、あ、やっぱり、という納得感もありました。

そのころ丁度、新聞やテレビが「認知症」の特集記事を発表していましたから、病気のアウトラインぐらいは摑んでおりました。

個人差はあるようですが、この病気特有の幻視や幻聴の外に、普段見馴れている木や物が人間の形に変貌して、病者の周囲に現れるという特徴もあるそうです。

ふり返ってみれば、随分以前から私には幻影とも幻覚ともつかない名状し難い現象が時折り現れて不安になったり、その間の記憶がおぼろげになることがありました。何物かが瞬時に何物かの世界へ私を連れていくのです。そこで起こる信じ難い世界の出来事はいくら話しても誰も信じてはくれません。話せば話すほど疎外感は深まり、私の狂気は立証されていくような気がするのです。

老年になっても、認知症にだけはなりたくない、と気負っていた心も、萎縮を始めている脳の写真を間近に見せられると、観念せざるを得ません。また、「アリセプト」という新薬を服用すると、現在以上に病勢はすすまないからと説明されれば、どんなに薬嫌いの私でも飲まざるを得ないのです。

藍子さん、私たち、女学校を卒業して以来五十年ぶりの邂逅を果たしましたね。あの徒《ただ》ならぬ戦争に負けた後、体制の変換による混迷が長く続き、教育体制も大きく変わりました。女学校に残るか、新制高校へ編入するか、自主退学を望むか、女学校三年生の生徒たちにこんな選択を迫られても、うろたえるばかりです。新制高校へ編入すれば男女共学ということになります。私は大方の級友と同じく女学校に残りました。男子と机を並べるのがとてつもなく恥ずかしく思えたのです。そのころあなたのご一家はいち早く関東地方へ引きあげておられたのね。私もそうだけれど、とり分けあなたは疎開先の田舎の女学校が嫌いだった。私はあなた方の素早い転身ぶりを心から羨みました。ご存知のように国鉄マンだった父は街への空襲を恐れて、小駅への転勤を希望しました。戦争が終わってもすっかり田舎の風物に馴染んでしまった父は退職するまで田舎の小駅を転転としました。私たち姉妹は官舎で産まれ、官舎で育ったのです。

あなたの疎開先はお母さんのお里で旧家だったのですね。私は、昼でもうす暗い座敷やくすんだ金色の大きな仏壇、水甕の並ぶ台所の天井窓から斜めに差しこんでくる光が大好きでした。座敷に近接して建つ土蔵倉では、兄が医者を目ざして受験勉強をしている、だれも入ることを許されない、と、あなたの口ぶりにはちょっと揶揄の趣もありましたが、私にとっては別世界、聖域だったのですよ。私はその時以来、蔵が大好きになりました。

私にひと声もかけず、蔵のある家から消えてしまったあなたが再び私の前に現れた時、私は声が出なかった。あなたは、私が探していた五十年の間、どこにいて何をしていたのですか。

「あの時、うちは夜逃げをしたの。父が金融関係で失敗して田舎に居られなくなったの。辱めに耐えて耐え切れなくて逃げたわ。でもうみんな忘れた。忘れないと生きていけないもの。父はお米よりヴァイオリンの方が大切な人だったし、ね」

あなたは瞳を青白く光らせて薄く笑った。あなたのうすら冷たい笑いの底でざわついた背すじの感触を私は忘れることができません。

でも、あなたは間もなく気を取り直したか私の手を取り、娘さんの家族と同居している家へ連れて行ってくれました。太い体軀を黒い貫頭衣で包み、着こなしたあなたは、すごい貫禄がありましたね。

私は、気押されました。

重箱に詰めた御馳走で歓待されながら、私はどこか居心地の悪い気分が兆してくるのに気づかれないように、気を使いました。

そこに坐っていたのは、あなたが最も出会いたくない過去だったのでしょう。忘れてしまいたい友人の筆頭だったかも知れません。でも私はそれらの思いを全部無視して、今まで知り得なかったあなたの現実とつきあっていこうと思ったのです。何となく不可解で、どことなく胡散臭いあなたの個性と、ね。正気ではつきあい切れないところがありそうなあなたの個性に興味を喚起されたのでしょうね、多分に…。

あ、久しぶりに字を書いたので脳が翳ってきました。自分勝手な事ばかりを書き散らしてごめんなさい。

脳の仕組みが作り出すともいわれる現象のさまざまは書きたいけれど、書きません。

私と同じ現象を見ないことには信じてもらえないというハンディがありますし、あなたはきっと心配するでしょうから。

私は大丈夫、大丈夫ですよ。私はどこかで面白がっています。

ミステリーを解くような感覚で、妄想の因ってくる原因を突き止めようと、張り切っている緊張感もあります。

おたがいに、もうしばらくは元気で生きていきましょう。秋になったら釧路に住んでいる孫娘が第三子を出産します。体調が許せば会いに行きたい。その時は、羊蹄山の見えるニセコの山荘に泊めて下さい。雪遊びをしましょう。宇宙船が下りるという三角山へも連れて行ってね。

その日に備えて毎日、川土手を歩いています。我ながら長生きしたものだ、と感慨に耽りながら。〉

藍子に久しぶりに手紙を書いた私は危懼《きく》していた通り、投函後はダウンして数日間は何も手をつけられないほどの疲労感に見舞われた。だが、幸いなことに、藍子に手紙が書けた、という交歓の思いは私に充分な達成感をもたらした。判然としない病いの閉塞感のどこかに穴が開いて、涼風が吹き通っていくような清涼感もあった。

それらの悪くない感覚の中に、小さな緑の芽が芽ぶいていた。それを見つけた私の心にひらめいたもの、それは、自分を恃む折れない心とおうか、期待と挑戦の入りまじった強い感情だった。私は「䏘《はそう》」と名付けた庭に落ちていた土器の欠片から伸びてきた緑の芽に、水をかけようと思った。芽の成長を見守りながら、私は私に出来ることをしよう、私は八十六歳の今になって、見える世界と、見えない世界を行き来するという稀有な体験を味わっているのだ。五分前のことを忘れると言われているこの病気の推移を及ばずながら記録してみよう、と思い立ったのである。

忘れることの多い日々であったが、記憶の断片をつないでいけば何とかなるのではないか、という生来の楽天的気質もあった。

私は、白内障の手術の後がいつまで経ってもすっきりしないので手術時の情景を何度も何度も思い出しては反芻した。

手術を受けた日は病院に一泊し、数日経ってまた後の一眼の手術をして泊するのが通例だそうだが、私には近隣の親族の立合人が居ないため、両眼同時に手術をしたその日、そのまま帰宅をした。

自分の体調に関しては神経質で大げさに騒ぐくせに、私の大事には無関心か、あるいは気づかいのない言葉で私を責める夫に馴れ親しむところがないのは残念ではあるが、今更どうすることもできない。感情の動きの烈しい夫の機嫌をそこねないよう、用心をして暮らす外はない。

そんな夫に立合人を頼んだらどんなことになるか、相手の感情を平気で逆撫でる夫の社会性のなさを庇《かば》う気持ちがまたもや私の中で先手を打ってしまうのである。

手術時、麻酔の覚めぎわに私は、看護師と話している医者の声を遠くに聞いたような記憶を思い出した。それは、私の両眼の位置が不揃いである、といった言葉であった。生まれてこの方、八十六年も使い放題に使ってきた眼に欠陥があったとは…。

それでは私は、斜視？　やぶにらみ？　ひんがら目？　それとも、ロン・パリ？

いえいえ、私の眼は造化の神様の手許がちょっと狂っただけ。見ようによっては魅力的ともいえる瑕疵《かし》かも知れない。

眼科医の言うように手術は成功したのだから、あとは眼鏡で調整するばかりだ。眼鏡屋さんは、私が疲れて眠りたくなるほど慎重に長い時間をかけてレンズ合

わせをした後、

「もうこれ以上のレンズは合わせられませんよ、もしかすると視神経のどこかに器質的欠陥があるのかな。そんな話は聞いたことがあります」

「器質的欠陥って何ですか」

「遺伝、遺伝ですよ」

「ああ、なるほど、親譲りなら仕方がない」

私はその時、不意に遠い昔の懐かしい空気の匂いに包まれた。そうだ、私の血すじにはそよ子がいる。そよ子はおとなしい娘だったけれど気が狂《ふ》れていた。祖母は幼い私の手を引いて実家へ帰る度に、「哀れよのう、そよ子は生まれついてのかたわよのう」と詠嘆しながら林檎を持たせた。但馬街道に面した鍛冶屋の土間にそよ子はいつも置物のように坐っていた。そよ子の周囲に漂っていた物哀しい匂い。その後、そよ子は早世した。

白内障の手術の後、私の瞳孔は夜の光に対して強い反応を示すようになった。農道を照らしている電球の灯りから火花が散っているのである。灯りは全身星形の火花となり、まるで音が聞こえそうに爆ぜている。路肩の識別灯や交差点の信号までが浮かれている。

誰に話しても見えない景色を私は一人占めすることになったのだ。月夜の月面はどうなっているのだろう。興味津津の私は、中天にかかった月を見に庭を横切って畑へ出た。ここは、猫の額くらいの広さながら山から山へ一直線に伸びる飛行機雲の全容が見える絶好の天体観測所。

満月は人の心を洗うように澄んだ光を放って、きれいに晴れた夜空にきちんと納まっている。威儀を正した満月はあまりにも普通すぎてちょっと可笑しい。

しかし、正常が呉れた安心感はそう長くは続かなかった。何気なく目を転じると、そこには、キャッ！　と叫びたいほどのもうひとつの巨大な月が重たげに天に吊るされていた。

脂肪の塊のような白い月は見ている内にその月面に落書きをしはじめた。たっぷりと墨を含んだ太筆。読めそうで読めない字が月面を覆っていく。

これはきっと現実にちがいない。あの月が落ちてきたら大変なことになる。私は真剣に悩んだ。ドン・キホーテになったような高揚感に押されて熟睡中の夫を揺り起こした。

不機嫌な夫は、私の話の終わりを俟たず、とどめを刺すように言った。

「月がひとつ、皓皓と照っとるだけじゃ、誰も居らへん。儂は寝るぞ」

私一人が見る月だ、とは分かっていても、せめて、月が落ちてくるなんてこと絶対に無い、心配するな。ぐらいのこと言ってくれてもいいのに…やっぱり期待を持つ方が無理なのかなと思う。夫の眼に私の月は見えないのだから。

その夜の空は特別に美しかった。たくさんの糠星《ぬかぼし》までが倍以上の大きさに見えて、それらが発する花火のような光は、魔術師が作り出した夜の空に煌めくイリュージョンのようであった。

しかし、夜毎の眠りの中へ入ってくる恣意的な妄想は極めておどろおどろしいもので私を悩ませていた。

それは、認知症の初歩的な病状の特徴として定説のある大蛇の出没である。

夜中の二時を過ぎると何かの気配がする。ぬめりのあるおぞましい感覚がそろそろと鴨居を伝い、柱に巻きつきながら近づいてくる。私は、枕元に置いた蝿叩きを握りしめ、儚い抵抗を試みる。だが不思議なことに私の抵抗は空を切るばかりで、大蛇は何の痕跡も残さず消えてしまっている。

電灯の傘に黒い虫が密集して付着しているのを発見した時も同じ。これを妄想というなら私は間違いなく認知症にかかっている。もはや言いのがれはできない。それでも、なお、認知症になっているのか、いないか、私の心はかきまわされた。

散々迷った末、私は川向こうの疎林を背にして建っている精神病院を訪れた。老年になっても病院の世話にならないことが唯一の誇りだったのに…。しかも初めてくぐる病院が精神病の病院とは、ね。私は自分を可笑しがりながら、入院はあっても退院はない、といわれている病院へ足を運んだのである。昔から心を病んでいる人には親しい病院だった。

私は治療を望んだのではなく、私にしか見えない異形の物や人について医師の判断を仰ぎたかった。

若い時の忘れ得ぬ友人が今もなお、この病院に入院していて消息が絶えたまま、という奇妙な存在をこの際、払拭したいという思いもあった。

当時、軍隊帰りの元将校が、山峡にある小学校の職員室で睨みをきかせていたころ、かよわい一本の茎に咲いた野花のような新人が私たちの同僚に加わった。その野花のような女性は、サッチャンと愛称で呼ばれて、忽ち職員室のマスコットとなった。

戦争に負けて新しい民主主義体制の教育に衣替えするために若い教員たちは張

り切っていた。女学校を卒業した翌年、新人として赴任する助教員の中に私も加えてもらっていたが、ただ、若い男女の教員たちの醸し出す熱気のような渦中に入り切ることができない私は何となく距離感を置かれていた。

教員研究会や講習会、模範授業などが次々と行われる現場で次第にサッチャンはお邪魔ムシになっていった。いくつも年のちがわない彼女に逆らう男の子を前に呆然と立ち竦んでいたサッチャンは、ある時は私の姿でもあった。

夏休みに入って間もなく、私は、岡野という教員の訪問を受けた。彼は突然の来訪を詫びながら、サッチャンへの慕情を打ち明けるについてのアドバイスを求めた。私は返事に困った。岡野の勇気はもしかすると私への告白ではないか、と、そんな想念が一瞬掠めたことを密かに恥じた。

要するに彼女は日ごろ、やんちゃ坊主と定評のある男児の席が空席であることに気づくと同時に躊躇なく迷える羊の後を追って教室を出ていったのだ。帰ってきた男児のポケットには瀕死の鮒が一匹入っていたというから、それがおかしくて私たちはサッチャンと、この二年生のやんちゃ坊主を許したのだった。

中には、まるで賢者の行為のように彼女を持ちあげる先生もいた。私たちはなかなか沈静化しない戦後の開放感を何事につけ快く肌で味わっていたのかも知れない。

自席に坐って瞑目し、黙考していた教頭先生とは対蹠的な眺めであった。

あの時、私を訪ねて何の収穫もなかった岡野を労《ねぎら》う気持ちもあって、官舎からほど近い駅まで送っていった。岡野は、さよなら、の続きのように言った。

「サッチャンに、先生、という職業は無理なのかも知れないね」

私は自分が貶《おとし》められたような気がしてチラリと岡野を憎んだ。

当時の教員養成の専門学校であった師範学校を出た岡野は、代用教員の私たちとちがって、将来性のある正規の教員だった。

その上、彼の実家は昔ながらの素封家だった。一族が先祖から受けついだ広大な美林を守って、祖父は山林王、ともいわれている。

岡野には、学徒動員に出動する前から両親が定めた婚約者が居たことを放課後の話題にした女教師は、おそらくサッチャンの初々しい恋に、気がつかなかったのだろう。

小娘だった彼女がいつしかひと皮むけて、かぐわしくなってきたのにいち早く気づいたのは中年の男先生の方だったから。

岡野はアン・フェアだ。

でも私にはどうしようもない。ただ、傍観しているだけ。

「岡野先生から、キスしてもいいか、って聞かれたの。どうしたらいいんでしょうか」と私に尋ねたサッチャンの愛らしさが今でも記憶の底に残っている。と、同時に人の心の測りがたさに初めて出会った夏であった。

夏休みが終わり、山あいの小さな学校の校庭に初秋の風が吹きはじめても、サッチャンは姿を見せなかった。

彼女は自死をはかり、失敗した、という風評が流れた。

思いもかけない事態に加えて、数日の後、彼女は母と姉によってこの精神病院に入院させられたという話が私たちの耳目を集めたがその内にサッチャンの消息は途絶えた。

サッチャンは、まだ生きているだろうか。私は受付で深く頭を下げた。御存命なら面会をお願いしたい、と。その時、古い病棟の方から、絶えがたい悲鳴のような声が聞こえてきた。胸を絞るような寂しい声。

事務職員は私をしばらく待たせてから窓口へ呼んだ。そして辺りをはばかるのか声を落として、

「入院して居られますが、あなたとのご関係は」

と、聞いた。

「あ、友人です。若い時の友人です」

私は少し取り乱したのか語尾がふるえた。

しかし、私は断られた。家族でなければ面会はできない…と。

その時、私は直感した。

サッチャンは、その生と同じく死もまた隠蔽されている、と。家族にも忌避され、遠ざけられて、精神病者として一命を全うするというのはどういうことなのか。

埒もないことを考え、無意味な意味を書き連ねる私に存在する価値は無いに等しい。私とサッチャンとの間に何ほどの違いがあろうか。

私は、サッチャンの生死に寄せる惻惻とした思いに胸を湿らせた。

しばらく休んでから、臆するな！　と私は自分に気合いを入れて、診察室のドアを叩いた。髪の毛の白い穏やかな風貌の老医師は、

「どうしました？」

とまるで知人に出会ったかのような心易い笑顔で、私の気持ちを和ませた。

私は、妄想との顚末をかいつまんでまとめたメモを差し出しながら、じっと老医師の表情を見つめた。彼は繰り返し、メモを読み、頬を赤らませて言った。

「私は若い時から精神病に興味を持ち、あらゆる本を読みました。しかし、脳の仕組みが作用する幻覚の症例をこれほどはっきりと見た人に会ったのは初めてですよ。どれほど本を読んでも自分が当事者にならない限り、所詮、隔靴搔痒の世界ですからね。いや、あなたの貴重な体験はとても参考になります。このメモは貰っておいていいですか」

「はい、どうぞ」

私がうなずくと同時に老医師の横から若い医師が出て来て、

「それではこちらでちょっと検査を…」

と、言う。えっ？　と私は混乱し、

「私は脳検査をして頂きに来たのではありません」

などと口ばしって抵抗を試みたが、

「三十分もかかりませんよ。ちょっと目を閉じている内に終わってしまいます」と軽くかわされ、時計や眼鏡、装飾品など金属製のものは体から外されて私はベッド上の人となった。

撮影が済むと私は頭の回りに白布を巻いたように見える写真の前に坐らされた。何だか頭がクラクラするような違和感を覚えたが、ここまでくれば、もう居直るしかない、と自分に言い聞かせて、老医師の前に坐り、宣告を待った。

「この黒い部分を（海馬）と言い、これがかなり縮んでいるから白い鉢巻きを巻いたように見えるのです。縮む早さは色々ですが、あなたの年齢のことを考え合わせると、これは年齢相応の縮み方かも知れない。即断は出来ませんね」

そう言いながら老医師は手元からメモを取り出して私に見せた。私が（ＭＲＩ）の検査を受けている間にまとめた所見らしい。でも、老年特有のあまりにも流麗な字ゆえ、私には、読めなかった。

「このメモは頂いてもいいですか」

何だかメモの交換だけになってしまった。

その時のメモは大事に取ってあるけれど今だに大半は読めない。結局、妄想についてては棚上げ状態だった。

因みに判読出来た部分をここに記しておこう。

藤木明子殿
シャルル・ボネ症候群
健常老者の視覚障害
幻視（錯視）
パーキンソン病　薬物使用は無し
レビー小体型認知症
治療薬　抗精神病薬　リスパダール0.5
三日間　夕食后

郵便はがき

恐縮ですが、
切手を貼って
お出し下さい

5 3 1 - 0 0 7 1

［受取人］

大阪市北区中津3－17－5

株式会社
編集工房ノア 行

★通信欄

通信用カード

お願い

このはがきを、当社への通信あるいは当社刊行書のご注文にご利用下さい。
お名前は愛読者名簿に登録し、新刊のお知らせなどをお送りします。

お求めいただいた書物名

本書についてのご感想、今後出版を希望される出版物・著者について

◎ 直接購読申込書

(書名)	(価格) ￥	(部数)	部
(書名)	(価格) ￥	(部数)	部
(書名)	(価格) ￥	(部数)	部

ご氏名　　　　（　　歳）　電話

ご住所　〒

書店配本の場合	取次	この欄は書店または当社で記入します。
県 市 区　　書店		

診察が終わって帰ろうとした時、私は老医師に呼びとめられた。

「何か薬を出しておきましょう」

薬は要らない、とも言えず、私は已むなく丸椅子に坐り直した。

老医師が背後の壁に手をかけると、シャリ、シャリと軽い音がして壁が開いた。おっ、と驚く私に満足そうな笑みを浮かべながら、薬の箱がぎっしりと詰まっている薬壁の一角から薬を取り出した。

私は、薬が追いかけてくるような気がして早早に医院を後にした。その日の夕食のあと、多分、メモに書かれていた（リスパダール0.5）という薬だと思う、それを飲んで寝た私はそれから二日間、目が覚めなかった。三日目の夕方ようやく目が覚めたのはいいがそれと同時に強烈な目まいと頭痛が襲ってきた。

どうしても立てない。どこに居るのかも分からない。柱や障子の桟をつかみながら必死に考える。尻餅をつき、這いながら考える。こうして考えられるのだから、まだ死んではいない。がんばらなくちゃと思う。その内、徐徐に意識がはっきりしてきて、目も見えるようになってきた。あ、これは薬の副作用だ、瞬時に思った。

私は生来、貧弱な体型なので薬がとてもよく効くのだ。かかりつけの医師は薬の分量を加減してくれるが、一見の医師はそうはいかない。

やっと症状がおさまった翌日の午後、私は病院へでかけた。老医師が薬の効果を見たいと求めていたからである。その日の老医師とのやり取りは何も思い出せないほどかすんでいた。ただ、老医師は私がこけつ転びつした状態を聞くや、半身を乗り出して、

「そうか、こけたか、こけたんやな」

と、いかにも嬉しそうに破顔した。

その笑顔にこの先、虜になってしまいそうな不安を感じて、私は挨拶もそこそこに逃げて帰ってきた。それ以来、その病院を尋ねてはいない。

実は、私が治療を受けたいと思っている病院は山ひとつ越えた広大な台地に建つ「県立リハビリテーション西播磨病院・認知症疾患医療センター」（「テクノ」）で、かかりつけの医師の紹介なしには受けつけてもらえないというハードルの高さ。窓口へ至るまでの経過が面倒なので、病者やその家族に敬遠されたが、今では実績が高く評価され、信頼できる病院として患者も多く、どの科も満員状態。予約に至るまでの待ち時間が三か月から半年といった長丁場である。

私の場合は、東京に住んでいる長男からの情報で、今のところ（アリセプト）という新薬がいいらしいとのこと。

初診の日までには「テクノ」の先生と薬について話をしておく、当日は時間までに病院へ入っているから心配しないで。

息子の心強い支持を聞きながら私は改めて認知症という病気の脅威を感じた。あと一か月待てば私の順番が来る、その間に病気が進んでしまうのではないか、という焦燥感もあったし、（妄想）と呼ばれる彼らとのつきあいがどのような形で深まっていくのか、という不安もあった。

　昼となく、夜となく、私の周囲に現れ、私の神経を攪乱する彼らは人間の生活を模倣しているとしか思えない現実感があった。それまでの、月とか蛇とかの出現は、今は夢の中のような非現実として定着し、消えつつあった。いずれにせよ、忘れ易くなった脳の仕組みは何かの恩寵であるように思えた。

　私は土手の草むらに腰をおろしてぼんやりと橋の辺りを眺めていた。夕暮れのうす青い視界の中に橋だけがはっきり見えていた。

　ここは山から逃げてきた子鹿が、浅瀬を横切る時、幼い跳躍を見せる場所。あるいは、流れに従い、流れに逆らって泳ぐ小魚の群れ。

　山際を流れる川は支流のため、橋板を二枚接いだ流れ橋ほどの川幅しかなかった。その上、稀に大水が出ても洪水になる前に引いてしまうので「そうけ川」（そうけとは笊《ざる》のこと）とも呼ばれている。とは言っても水量の多い季節には青黒い水が満満と淵をつくり、子供たちの絶好の遊び場だった。

当時小学三年だった長男は、その淵で溺れた。助けてくれたのは、この川沿いを二粁ほど北上した集落の中に建っている寺のボンチャンだった。息子より三歳年嵩のボンチャンは彼らの兄貴のような存在だった。人一倍腕白で怪我の多かった次男もボンチャンには頭が上がらなかった。「水泳禁止」の淵で溺れた長男を引きあげ、蘇生させてくれた話は、彼らが成人してから私の耳に入ったのだ。

「どうしてそんな大変な事を仕出かしたの、小さい時から思慮深い子供だと思って安心していたのにね。それにしても、ボンチャンがそばにいてくれてよかった…。遅すぎるけれど今からでもお礼に行ってくるわ。もう時効だなんて逃げるなよ」

「逃げないけどさあ、びっくりしたでしょ、怒るでしょ、その上嘆くでしょ。男の子はそんな母親が気の毒で見ていられないんだ」

「そうかなあ、それ、もしかしたら詭弁とちがう？」

「そうかも知れない、そうでないかも知れない。何しろ、人の心の奥底には開けられることを拒む秘密のドアが腐るほど堆積しているような気がするからね」
「どっちにしても生きていてくれてよかった、親より先に姿を消すなんて絶対に許さないからね」
「大丈夫ですよ。しかし僕の干支《えと》は申《さる》ですから時々は落ちるかも知れない」

小癪な息子との回想から覚めてふと橋の方向に目をやると、手足の長い黒装束の人間によく似た形の生物が欄干に沢山取りついて仕事をしている。見ている間に欄干は新しく塗りかえられていく。柔軟な手足を巻きつけてまるで無言劇のようだ。

見た。私は始めて人間の形をした彼らの働きを見たのである。この光景を妄想と呼んでいいのかどうか分からない。

今でも迷っている。(妄想)と言い做《な》す光景は、人間の想念のどこに位置するのか、と聞かれても私には答えようがない。ただ、今まで通りに、見た、という事実に、仮に（妄想）という呼称を与えて使わせて貰っているとしか言いようがない。

黒衣の集団は、私がちょっとした考えにとりつかれた隙にはやくも消え失せた。彼らは一体何者なのか、どこから来てどこへ行くのか。私はこの集団の動静に不吉な怖気《おぞけ》を感じた。

最初に出会った集団には驚きを感じたあまり、怖気づいてしまったが、その後、次次と現れてくる妄想の中には、海野十三《うんのじゅうざ》という作家が書く少年向き空想科学小説が好きだった少女のころの思い出もあって、それはかとなく懐旧の念を覚えたりもする。

夫の容赦のない叱責で追いつめられた日、家の前の道路を誰一人通らなかった日など、爪先立つような人恋しさに心のどこかで、妄想にまで手を差し出す気分になったりする。

中でも繰り返して思い出す私の一番好きな妄想は、オートバイの飛翔といえる美しい光景だ。青葉・若葉が光の王冠をかぶったように輝いている五月の朝、私は洗濯物を干したその足で土手を歩きはじめた。空を始まりとして、こんなに何もかもが美しい朝、人人はどこにかくれているのだろう。

こうなれば、空も、山も、川も野も、この風景は見える限りみんな私のものだ。「ありがとう」と、私は万物に頭を下げた。その途端、すごい轟音が頭上を過ぎた。こわごわ首をもたげると、お、おお、空色のオートバイが空の色にまぎれることなく、空中に大きな放物線を描いて飛んでいく。見る間に視界を横切って彼方に消えた。

どこへ消えたのかは分からないが、消えたあたりに何かの仕掛けがあるのではないか。常識では納得のいかない現象の美しさを称えながらも、あるいは皮膚を切り裂くといわれるカマイタチの仕業かも知れない、とあくまでも現実にこだわるのだった。

空飛ぶハーレーの凜凜しい姿が、妄想であったりする訳がない、と。

「テクノ」の検診日が近づくにつれて、妄想たちの動きは活発になってきた。これだけは避けて欲しいと思っていた住宅への侵入が平気になると、私は睡眠不足のため眠りが不規則になり、疲れ易くなった。

小さな物音にも反応して、とびあがるように目を覚ましてしまう。懐中電燈を照らして階下の部屋を調べてまわるが、何の異変もない。だがあの寝入りばなに耳が破れるように鳴ったキーンという金属製の音は何だったのか、夜の白白明けまで眠れなくなった私は、布団から首を出して考える。

もしあの音を幻聴というなら、幻聴は現実の数倍の音に増幅されて眠ろうとする脳の意識を叩きのめすのだ。

叩きのめされた私は、いくらか幻聴の正体に近づいた思いで眠れない夜の時間を瓢箪鯰《ひょうたんなまず》のような辞書遊びに費やす。

例えば「幻覚」という語が迅速に出た夜なんかは心中喝釆を叫びながら偶然を

喜ぶ。

「幻覚」(対象のない知覚。つまり実際に物がないのにその物が見え、音がないのにそれが聞こえること)と至極簡単にまとめてある説明に、自分の経験している現象を重ね合わせて、納得と否定を繰り返すのである。

まだ初夏だというのに、「テクノ」の草原にはひっそりとした秋の風がまじっていた。こんな風景の中に住んでみたい、と思った。しかし、すぐにそれを阻止する現実が両手を拡げて立ちはだかる。夢に過ぎないのだから阻止されるのは当然である。願望が肥大しないよう私はいつもの思念をポケットにたたんで入れる。

今日は、脳の初診日であった。

心理テストや記憶テスト(MRI)の検査が行われ、その結果を医師と家族が話し合う。その上で治療方針が決まるような仕組みになっているらしい。

私は冷静さを失わないように気を付けながら、私のこの担当医は何歳ぐらいかな、若く見えるけれど、なかなかに経験を積んだ優秀な人物らしい、と心中色々と詮索をする。

担当医と息子が対談している間、私はそのやり取りを神妙に聞く。決して出しゃばらないように、脳科学の第一線で働いているにちがいない医師の世界が知りたくて、好奇心がムクムクするのを押さえている。

最終の結論は、あの白髪の老医師が下した所見と同じ「レビー小体型認知症」だった。ただこれから常用して効果を見るための薬が、息子の勧めてくれたアリセプトという薬であったことに安堵した。

第一回目の投薬をそのままに半年間続けて結果を見る、その結果次第で次の治療を考える、という医師の判断に私たち親子は従うことになった。

医者は、私の語る妄想の数数を真摯に聞いてくれて、あなたの話は真実です、と全面的に受けとめてくれた。それが精神科の医師の治療のはじまりだろうとは思っても、遠慮のない友人から、病気を詐称してるんじゃないの、と指摘されればそれが喉にささった小骨となって私を苦しめる。楽天と自虐が同坐している脳って不思議な器官だ。

「妄想の研究は医学界でも進んでいて、あなたのいうように白内障の手術を受けた人に妄想が出易いのではないか、というところまで到達しています。脳と目は直結していますからね。見る、というのは目ではなくて脳が見ることなんでしょうね」

これは、すごい見解だ。脳が本舗なら、目は支店ということになるのかしら。専門的には何も分からないまま、私は脳科学の一端に貢献しているのかしらね。私は足取りも軽く長男をうながして「テクノ」の一隅にあるレストランに入り、コーヒーで乾杯をした。

病名が定まった時点で、息子二人の態度が何となく優しくなってきた。「認知症」という言葉にショックを受けたのだろうか。

「認知症は死ぬという病気ではなく、薬をきちんと飲めば現状維持の速度が保てるそうよ。その内に老齢が追いついてくればどうなるのかしらね。とにかくまわりの人にできるだけ迷惑をかけないで、けなげに生きていくつもり。だから、心配しないで、私は大丈夫よ。それより二人とも自分の健康管理をおろそかにしないでね」

その時、予期せぬ嗚咽の声が突然突きあげてきて私は慌てた。愁嘆を人に見せるのは恥と心得て、鉄の女を目指して生きてきたつもりなのに。

「あ、(忘れもの外来) に忘れものをしてきた」

私はつとめて明るく言った。

「脳の神経細胞のひとつにシナプスという単位があるの、ノイロンともいわれるそれは、脳の神経節に集中していて、損傷した脳の接続をつなぎ合わせるために働くというすばらしい機能を持っているという記述をどこかで読んだことがあるけれど、知ってる?」

「いつか宇宙のどこかから何物かが通信してくるかも知れない夢のような希望を

乗せて、今もなお宇宙船は暗黒の宇宙を飛び続けているという内容と抱き合わせの記事で、たしか小学生の国語教科書に掲載されていたと思う。私にはまるで荒唐無稽ともいえる科学の世界が子供の教科書に展開されているその斬新さに私はひどく感動したの。そのシナプスについて精神科の担当の先生に何らかの接触を試みたいと思っていたものだから」

と、私は厚かましい言い訳を口にした。

「焦らなくてもいいよ。病気とのおつきあいは、これから長いものになるだろうから、ゆっくり行こうよ、落ち着いて」

あわてることはない、しかし落ち着いてもいられない。私と息子たちは病気を前にして、微妙な距離に差しかかっていた。

今までは、家族全員が健康だったから、関東と関西に離れてはいても、年に数度の帰郷でたがいに満足しあっていたのだ。

なのに、治療の望めない烙印を押されてみると、私の療養をも含めて家族の去就が問題になってきた。川上にあるボンチャンの寺が夫の実家であり、親類はここ一軒という寂しさである。この春運転免許証を返納して以来の不便さは想像を越えている。

故郷を持たぬ私が、息子たちに故郷を、と願い、山家の旧家を手に入れて使い勝手のいい古民家として再生した。しかし、私だけがどんなに気に入っても働き盛りの彼らが帰ってくる場所ではない。

年を取るにつれて、庭の草引きがこんなに大変なものだとは知らなかった。二時間も腰をかがめていると、もう立ち上がれないくらい辛い。ふり向くと一週間前の草の芽がはや青青と芽ぐんでいる。芽の中に赤んぼうの爪ほどの蕾を見つけると抱きしめてやりたくなる。庭を褒めてくれる人には、しっかりと手を入れながらも、手入れの跡を見せない庭の風情が好きなの、と自慢をする。

自慢できる庭があって幸せね。こう言ってくれる人には、ええ、そりゃもう、撫でたりさすったり、指も、ほら、こんなに曲がってしまいました、と自慢の上乗せをする。

大正時代初めの建築様式が残っている座敷や煤竹《すすだけ》の皮を天井に張った茶室など、およそ築百年の古民家だ。そこで九十一歳と八十六歳の老夫婦が侘び住まいをしているのだ。

体温を触れ合わせて暮らしているような下町の活気を色々と想像してみる。長男と次男の家族にまで心をさらけ出して暮らすエネルギィに怯んでみる。などど、もう先行きの短い私は今夜も美しいものに出会えるように脳の創造力に期待して寝るのである。

年齢のせいか、薬の副作用のせいか、時時視力が低下して夢の中を漂っているような亡羊感に包まれることがある。これは緑内障が進行して失明に至る前兆ではないか。そう思い出すと何をする気力も失せてしまう、そんな時は、息子たちが誘致してくれる東京での生活がひときわ輝いて若い時から憧れて夢見た都会がやっと手の届く所まで来た、打ちふるえるような想像の喜びに私は浸るのだ。体調の悪いことも忘れ果て、私は何かに浮かされたように、いそいそと、東京行きの荷造りに取りかかるのだ。

数えてみればその月、私は六回も上京している。そんなに憧れていたのに息子たちが探してきて呉れた福祉住宅や老人ホームには何故か心が動かない。どうして？　と訝《いぶか》る彼らに、制服を着た鶏の一員になったような気がする、と答えて、長男にたしなめられたり、契約寸前の物件をキャンセルしたり、で毎回疲労するだけの上京である。

しかも、上京の都度、私は東京駅の構内で迷子になり、ついには息子夫婦の顰《ひん》蹙《しゅく》を買う始末。

東京の下町の魅力を説いて、一緒に住もうと誘ってくれる長男の心根は嬉しいが、私には、田舎の四季折折の風光と、古びてもなお交情の絶えない人人とのおつき合い、好きで集めた古物への愛着が常に身近にあることが必要なのである。

それを思い出させて呉れるのはいつも東京からの帰途。関西のなだらかな山容、馴染み深い山山の重なり、白い川床を見せている「そうけ川」だ。下町の活力よりも沈静な自然に引き寄せられる懐かしい感情が私をより強く引き留めていることに気がつくのである。

しかし、朝に東京、夕べに田舎、と揺れ動く人生の終わりに息子とのはかない蜜月を望むのも、またわりない感情ではなかろうか、とも思う。

そして、一連のあがきの果てには動かない夫が山のように私の前に立ちはだかっているのだ。夫、曰《いわ》く。

「儂はどこへも行かへんぞ。あんた、行きたけりゃ　どこへなと行ってきな」

あーあ、またもとの振り出しに戻ってしまった。そうですか、それじゃ出ていきます、と、素直に出て行けばいいのよ、と気の強い友人は私をそそのかすが、何ひとつ家事の出来ない夫が日を置かずしてゴミ屋敷で暮らすのを想像すると、出て行くどころではないのである。

仮に私がこの家にとどまったとしても、事態は何も変わらない。すべてのものがそのまま古びていくだけ。

悪くすれば、夫の耳はいよいよ遠くなり、私の容態は惚ける外なく、家事全般が滞《とどこお》ってくるのは目に見えている。何とかなるさ、とうそぶいている内に、私たちは、草茫茫の廃屋で看取って呉れる人なく、野垂れ死にとなるのだろうか。

気に入っている土蔵倉に棲んで、日日現れる夢を検証し、吊り下げては燻《くん》蒸《じょう》する。心置きない作業はとても楽しい。ただ困るのは、吊り下げるものが夢なのか、妄想なのか、正確な判定が難しいところだ。

つい一週間ほど前にはこんなことがあった。電気炬燵で、転《うた》た寝《ね》をしてしまった私が目覚めたのは、部屋の隅にある大きな木の揺り椅子の上だった。覚めぎわの私は半ば死んでいて、私の生死を確かめる人たちが入れかわり立ちかわりして板塀の隙から覗いてくる。そこへ、お茶を出そうとするが誰も手伝っては呉れない。私は声を張りあげて母を呼んだ。

お母ちゃん、お母ちゃん、と子供の時のように。

自分の張りあげる大声がやっと声帯を突き抜けた感覚があって私は目覚めた。母はとうとう出てきてくれなかった。まだ遠くにいるのかも知れない。

それよりも、眠りの中に炬燵から木椅子へ移動した記憶が全くないのが不思議だ。夢か妄想かの判定ができないということはさておいて、これはちょっと憂慮すべき事態ではないか、不思議だ、と面白がってばかりではいられない。容易に開く窓のある二階の部屋で寝るのは危険だ。

私は役に立たないことを願いつつ、寝室の窓に二重鍵を取りつけた。

このところ、寝室の窓はそろそろと開けられるようにして置きたかった。というのは、またしても夜、どこからか、ザック、ザックという靴の音が聴こえてくる。カーテンのかげにかくれて見下ろすと、銀灰色の鍋を被った小人の集団が窓の下を過ぎていくのだ。

向かい合っている隣家の台所の棚に整然と並んでいるはずの鍋の位置が乱れて

いる。どうやらこの一団はヘルメットのかわりに鍋を借用したらしい。見下ろす道路は、私の命名した「鍋兜《なべかぶと》」の一団で埋まっている。

身長一メートルくらいの生物が足並みをそろえて行進していく様子は、観客が私一人だなんて勿体ない、と思えるほどユーモラスだ。

夜が明けたら早速お隣へ報告しに行きたい、何の甲斐もない、困惑顔を返されるだけの報告ではあるけれど。

東京へ月に六回も何をしに、とまたもや聞かれれば息子も含めて憧れていた東京の生活に短期間ではあるが集中的につき合うことによって、憧れは、遠きにありて想うものであり、故郷の住み心地には憧れ以上のものがあるじゃないか、という再発見が錯綜していた心を何とか取り沈めようとする私なりの努力だと思って下さい、今は、それくらいしか答えられないのですよ。

本当の私と、もう一人の私が何とか折り合いをつけて暮らしている場所からは、これくらいの発言しかできないのである。

体調が落ちつくにつれて、藍子へも音信不通を続けていることだし、と手紙を書きかけたところへ、彼女からの葉書が舞いこんだ。

〈あなたに革表紙の聖書を贈るわ
ハレルヤ
私死ぬほど忙しいの
泥パックしてスリムになるわね
知床へ行こうよ
熊の穴の掃除をしに
いいのかな　無断でそんなことやっても
いいのよ　私たち友だちだから
ハレルヤ

あなたにご挨拶させるわ
ナショナルトラストの会員になりなさい
シマフクロウの営巣木を見に行こうよ
ハレルヤ
私があげたケンゾウのマフラー
巻いて寝ているかい
バカ！　バカ！　お休み風邪引かないでね
ハレルヤ　羊蹄山が待ってる〉

あくる朝、機中で書いたという二枚目の葉書が届いた。

〈早くおいでよ　ニセコで待ってる
クロカンやろうよ

ついでながら　あんたは　誰
何度会っても思い出せない〉

え！

藍子は私が誰かわからないままにつき合っていたのか。

私は小波《さざなみ》立つ胸に葉書を押しつけたまま、彼女との濃密な交情の数数を急いで振りかえった。發剌《はつらつ》とした文面が彼女特有のジョークであればいいと願った。

だが、彼女は何も言わずその日の内にエスさまに召されて遠くへ逝ってしまった。

だれよりも愛した北海道の大地に引きとられて。

夜の雪原に残したタイヤの跡はひときわ深く、彼女が置き去りにした死のかたちは声もなく厳粛な扉を閉じていた。

「私にはエスさまが必要だったの。あ、あ、今夜はエスさまをひとり占めできて幸せ」

消え入りそうな声で彼女は私にささやいた。「私が誰だっていいじゃない、藍子。あなたと見た夢は楽しかった。あなたの世界は好奇と幻想に満ちていたものね」

ほら、あなたを贈る幻聴の歌声。大海原に革表紙の聖書をかざしてあなたを送る私の声は届いていますか。

ありがとう。さようなら。

あとがき

「沢山の友情をありがとう。なかなか面白い病気を経験することになってしまいました」

「テクノ」の医師から「レビー小体型認知症」と認定されてから二年半が経過した。

周囲の友人たちは口をそろえて変化の無いことを喜んでくれるが、私には分かる。私は徐徐に明らかに正常から離脱した人間に変化しはじめている。先ず、時間の分量や感覚が狂ってきたこと。正常値といわれる数字からどんどん離れていくこと。人との会話中にも寝たり、目ざめたりする。お金の計算ができなくなった。蛇とたたかうのはいくらなれたる術とはいってもやっぱりつらい。
私に叩かれたフスマはボロボロです。この気の毒なフスマが元にもどる日はくるのでしょうか。私に同情されながら叩かれている、フスマの外側には赤鉛筆でびっしりと落書きが施してあります。筆者不詳ながら消すには惜しい筆跡。何故か懐かしい人たちが入れかわり、立ちかわりして書き残して出たような感触です。

アリセプト錠剤の服用が倍増になりましたがこれもまた仕方のないこと。ま、いいか、五月の風が大きく揺れている窓を見て、私は呟いています。ドラマティックだった人生もこの辺が潮どきだな…と。

私はあなたを失ってとてもさびしいけれど「ゆめのうしろ」にひそんでいる幻想や幻覚が姿を代えて妄想となり、私を楽しませてくれるならあとしばらくは十分に生きていけることでしょう。

藤木明子（ふじき・あきこ）
詩集
『影のかたち』蜘蛛出版社　一九六九年
『木簡』詩学社　一九八四年
『恋愛感情』詩学社　一九八九年
『地底の森』編集工房ノア　一九九五年
『どこにいるのですか』編集工房ノア　二〇〇五年
歌集
『ためらう女』編集工房ノア　二〇一〇年
住所〒六七九-四三三兵庫県たつの市新宮町下野田二六一

ゆめのうしろ
——レビー小体型《しょうたいがた》認《にん》知症《ちしょう》の患者《かんじゃ》
二〇一六年八月一日発行
著　者　藤木明子
発行者　涸沢純平
発行所　株式会社編集工房ノア
五三一—〇〇七一
大阪市北区中津三—一七—五
電話〇六（六三七三）三六四一
FAX〇六（六三七三）三六四二
振替〇〇九四〇—七—三〇六四五七
組版　株式会社四国写研
印刷製本　亜細亜印刷株式会社

ISBN978-4-89271-258-6